LE DIMANCHE

AU POINT DE VUE SOCIAL,

Par M. F. J. Le Courtier.

BRUXELLES,

LIB. DE H. GOEMAERE, SUCC. DE VANDERBORGHT,

Marché-aux-Poulets, 26.

—

1852

19e livraison. — 1e d'octobre.

LE DIMANCHE

AU POINT DE VUE SOCIAL.

Par M. F. J. Le Courtier.

BRUXELLES,

LIB. DE H. GOEMAERE, SUCC. DE VANDERBORGHT,

MARCHÉ-AUX-POULETS, 26.

1852

APPROBATION.

Ayant fait examiner l'opuscule : *Le Dimanche au point de vue social*, nous en permettons l'impression.

Malines, le 26 juillet 1852.

P. CORTEN, *Vic. Gén.*

Imp. de J. Vandereydt, rue de Flandre, 104.

LE DIMANCHE

AU POINT DE VUE SOCIAL.

—

Nous commencerons par avouer franchement que nous n'avons pas la prétention d'être à la hauteur des connaissances d'économie politique et d'équilibre social, qui semblent devenues aujourd'hui presque vulgaires. Les aperçus, les théories, les considérations sur la société et sur la chose gouvernementale, comme on dit, se trouvent dans toutes les mains et dans toutes les bouches; et l'art si difficile de conduire les peuples ne paraît plus qu'une leçon de mécanique, où chacun s'érige en démonstrateur, décomposant chaque pièce de la grande machine et la remontant à son gré. Nous, avec les antécédents d'une éducation plus sévère et plus réservée, au milieu des soins multipliés d'un ministère qui nous éloigne sagement de toutes ces discussions politiques, nous dirons simplement ce que nous révèle sur les bases et sur le bonheur de la société le Dieu qui en est le fondateur et le conservateur, le Dieu par qui règnent les rois, par qui les magistrats décernent la justice, et qui du haut des cieux a l'œil ouvert sur ceux qui veillent ici-bas pour diriger les peuples et pour contenir les multitudes.

L'homme est né pour la société. Dieu a imprimé cet instinct à son cœur et le force à s'y soumettre, à cause de son état de faiblesse et de la multiplicité de ses besoins ; cet instinct se manifeste par l'union du mariage, par l'union de famille, de tribu et de nation. Mais si l'homme a besoin de la société, s'il ne saurait presque vivre sans toutes les ressources de l'état social, il faut avouer aussi qu'il en ressent par contre-coup tous les inconvénients. Il a donc fallu que la main de la Providence posât un contre-poids pour maintenir l'équilibre entre les ressources et les secousses, entre les biens et les maux de la société, et ce contre-poids, nous osons le dire, est, du côté de Dieu, l'institution, et, du côté des peuples, la sanctification d'un jour consacré au Seigneur. D'où il suit que le dimanche doit être considéré, sous un rapport, comme une haute institution sociale et comme la meilleure garantie des constitutions qui assurent le repos des masses et la prospérité des individus.

Trois choses, en effet, minent sourdement les

bases de l'édifice social, et par conséquent menacent de très-près le bonheur de la société : le malaise moral, plus ou moins caractérisé, qui résulte de l'inégalité des conditions et des richesses ; le tassement plus ou moins profond des intelligences dans les idées de bien-être matériel et de jouissances ; enfin, l'oubli pratique plus ou moins coupable de Dieu, de nos devoirs et de notre fin dernière. Or, la sanctification du dimanche compense, autant qu'il est possible, l'inégalité des conditions, et surtout remédie au malaise moral qu'elle traîne à sa suite ; le dimanche relève l'âme de l'homme, la dégage de la matière et des sens, et la transporte dans une région supérieure, où l'on ne vit pas seulement de pain et de jouissances, mais d'espérance et d'immortalité ; le dimanche, lui seul, ramène efficacement l'homme à Dieu, à ses devoirs, à sa fin, ou bien l'affermit et le fait avancer dans cette voie heureuse de véritable progrès ; et quand la loi du saint jour ne serait pas divine, quand elle n'aurait pas un but supérieur aux choses d'ici-bas, elle n'en demeurerait pas moins éminemment politique, sociale et conservatrice de toute société. Oui, quand ce précepte : *Souviens-toi de sanctifier le jour de ton Dieu*, ne serait pas dicté par la religion, il devrait toujours être gravé en lettres d'or en tête de tous les codes et de toutes les constitutions humaines.

1.

1° Qu'il y ait malaise général dans nos sociétés modernes; que ce malaise vienne de l'inégalité des conditions, vivement sentie, et que ce malaise, enfin, use les plus solides ressorts des États, au point de faire appréhender à chaque instant le détraquement de la machine qui crie et l'explosion de cette vapeur qui fermente en proportion de ce qu'elle est refoulée, c'est un fait constaté par une trop malheureuse expérience. Mais ce que l'expérience apprend aussi, et ce qui devrait être pesé mûrement par ceux qui sont préposés pour activer ou ralentir la force motrice sur le vaisseau social, c'est que l'effervescence ne résulte pas tant de l'inégalité des conditions en elle-même, que de cette inégalité trop sentie, et que le partage inégal des biens pèse et accable en raison de ce que Dieu et sa loi, oubliés et méprisés, ne font plus contre-poids dans l'autre bassin de la balance.

Dans cet état de malaise général, on est encore gouverné, c'est-à-dire que le vaisseau ne sombre pas; mais les secousses sont terribles, mais le gouvernail ne sert qu'à compléter l'équipement, mais une seule chose règne, l'inquiétude dans tous les esprits, l'agitation dans tous les cœurs. Dans cet état de malaise général, chacun veut être quelque chose, comme si l'homme n'était rien dès qu'il n'a pas de fortune, et comme si l'on pouvait être quelque chose par cela seul qu'on a ce quelque chose qui s'appelle...... de l'argent. Non qu'il faille exclure de l'avancement social le plus grand, le plus juste, le plus légitime de tous les titres, le mérite, et le condamner à végéter dans l'obscurité qui l'a vu naître. A Dieu ne plaise ! Non qu'il faille couper les ailes au génie qui tend toujours à s'élever, et surtout au génie bienfaisant qui ne s'élève que pour répandre de plus haut la chaleur et la vie ! Puissent l'envie et ses basses intrigues ne jamais plus refouler et étouffer le vrai talent que ne le fait l'esprit religieux sagement entendu et appliqué ! Mais le bonheur de tous exige au moins que la grenouille ne veuille pas imiter le bœuf, et que le fat ignorant ne croie pas devoir s'attacher des ailes par cela seul qu'il a le moyen d'en acheter. Disons-le donc avec une sainte liberté qui sera comprise : puisqu'il faut des rangs dans la société, et que l'égalité est une chimère qui abuse, ou un mot que l'on exploite toujours au profit de quelques-uns, deux choses devraient établir les distinctions : la naissance et le mérite individuel. Et que l'on ne croie pas qu'il y ait ici ou adulation pour des classes privilégiées, ou simple dédommagement accordé à l'ambition des petits ; ces deux titres ne sont invoqués pour régler les rangs, que précisément parce qu'ils rentrent davantage dans les chances providentielles, que parce qu'ils ne dépendent pas de nous, ou bien peu, et qu'ils laissent par conséquent un champ plus vaste et plus libre à l'action de la Providence pour caser les hommes.

Mais il faut que ces deux titres à l'avancement social marchent de front et parallèlement : si le droit de la naissance devient exclusif, il y a juste mécontentement; il y a dépréciation d'une caste qui ne sent plus le besoin de se soutenir par un dévouement toujours nouveau, et dans ce cas *noblesse n'oblige plus* : si le mérite seul ouvre la barrière, il y a désordre, encombrement de prétentions; chacun devient juge de ce qu'il vaut, et l'on sait que ce juge est très-aveugle pour prononcer sur la capacité de sa partie. Tous se croiront aptes aux sciences, aux affaires, aux charges de l'État, et surtout aux places, et il en résultera ce conflit universel où chacun se pousse, renverse ses concurrents et les écrase à tout prix. Néanmoins, quelque réglé que soit le partage, quelque juste et sage que soit la distribution des rangs dans la société, l'inégalité est une nécessité à subir et une épreuve à porter; le malaise se manifestera toujours, ou comme état chronique, ou comme crise aiguë; et du principe à l'application, il ne faudra rien moins que tout l'esprit du renoncement chrétien, que toutes les pensées et les espérances de la foi pour faire compensation et maintenir l'équilibre.

Or, le dimanche suspend merveilleusement cette triste mais indispensable inégalité; c'est le niveau placé, chaque septième jour, sur toutes les têtes, avec le pouvoir d'incliner celles qui s'élèvent et de relever celles qui sont courbées vers la terre; le repos qu'il prescrit opère un prodige social en vertu duquel personne ne vit de son travail et par lequel tous les enfants d'un même père semblent se confondre dans une égale condition. Tout a cessé en ce jour béni; nul n'est redevable à ses semblables d'aucun service, tous n'ont plus qu'une même dette qu'ils doivent payer à tous, celle de la charité commune. Vous trouvez peut-être que, malgré l'observation du repos et la cessation des occupations ordinaires, les rangs ont encore une démarcation bien sensible, qu'il y a encore loin des livrées de la médiocrité qui se pare aux insignes de l'opulence qui peut affecter de ne rien ajouter au luxe qui la décore; mais le dimanche ne peut et ne doit que charmer le malaise, sans introduire le désordre et autoriser le bouleversement; il agit comme un sage médecin qui paralyse longtemps l'action du mal, au lieu de vouloir le faire disparaître tout à coup, au risque de la refouler et de la faire réagir avec violence sur les parties nobles et vitales. Attendez encore quelques instants, et ce repos va être sanctifié; une même demeure va réunir tous les hommes sans distinction; à la même table vont s'asseoir et le riche et le pauvre, et le petit et le grand, et le faible et le fort, et le serviteur et le maître, et le sujet et le roi; une même parole va être adressée à tous de la part de Dieu, elle consolera le petit sans l'enorgueillir, elle reprendra le grand sans l'humilier, elle exaltera le pauvre sans le porter au murmure, elle fera trembler le riche sans ébranler le moins du monde sa position, elle publiera que la vertu seule établit les rangs devant Dieu, sans laisser dans la plus nombreuse assemblée le plus léger prétexte de relâcher les liens de l'ordre social. Ce n'est qu'autour de la chaire chrétienne, qu'au pied de l'autel catholique et de la table eucharistique, que l'égalité est possible et mille fois heureuse; c'est là que nous sommes tous, dans la vérité, membres d'une même famille et que chaque individu reprend sa part de dignité noble et délicate; c'est de là que chacun se retire plus soumis à ses devoirs, plus content de son sort, et que tous se répandent de nouveau dans les différents états de la société, avec une résignation qui n'est pas sans quelque bonheur. Enfin, si vous ajoutez que les résultats des pensées de la foi vont encore plus loin, qu'ils s'étendent jusqu'à faire estimer malheureux ceux qui ont leur consolation et leur récompense en ce monde, jusqu'à appeler heureux ceux qui pleurent et ceux qui souffrent pour la justice, jusqu'à faire redouter une position pleine de responsabilité, et jusqu'à faire bénir une condition obscure à l'abri de mille dangers pour le salut, vous conviendrez que le jour où l'on promulgue solennellement ces vérités aussi sociales que religieuses, non-seulement suspend, dans la réalité, l'inégalité brute des conditions humaines, mais encore remédie puissamment au malaise qui travaille la société, et charme ses douleurs pour les jours de la semaine qui va suivre ; vous conviendrez que la loi qui prescrit à tous un repos qui honore toutes les conditions, un même culte qui rapproche tous les rangs sans les confondre, une même instruction qui répare l'épuisement moral et qui vivifie tous les sacrifices, est une loi éminemment conservatrice du repos et du bonheur des peuples.

Mais pour que le dimanche produise ces effets merveilleux, il faut qu'il réalise, non pas seulement d'une manière générale et spirituelle, mais d'une manière publique, extérieure et sensible, l'union et le rapprochement des individus selon les localités ; il faut qu'il y ait pour tous, avec l'ordre établi dans la grande famille des chrétiens, même prière, même parole, même autel, même table, même temple; et sous ce rapport, l'institution si antique et si respectable de la *messe paroissiale ou de famille* étend ses racines jusque dans les fondements de la société.

A la naissance du christianisme, les assemblées du dimanche, où se faisait l'instruction publique et où se célébraient les saints mystères, étaient précédées d'un repas de charité que l'on nommait *agapes*, et auquel tous devaient participer également, riches ou pauvres. C'était et pour représenter la cène que Jésus-Christ fit avec ses apôtres avant l'institution de l'eucharistie, et surtout pour inculquer aux fidèles l'esprit d'union, de charité et de fraternité qui faisait la base de la loi nouvelle. Or, de graves abus s'étaient introduits sur ce point dans l'Église de Corinthe; les riches affectaient de ne pas attendre les pauvres, célébraient ces agapes à part, se hâtaient de prendre le repas préparé, et laissaient aux pauvres l'humiliation de se contenter des restes. Ce désordre anima le zèle de l'Apôtre, et il crut devoir employer pour le détruire les reproches les plus sévères.

« Quand vous vous *réunissez* à l'église, leur disait-il, j'apprends que cette *réunion* extérieure, à laquelle vous n'avez pas encore osé manquer,

est loin de produire *l'union* qu'elle représente
et qu'elle doit procurer : j'apprends qu'il y a
parmi vous des divisions, des querelles, des distinctions, et je le crois en partie, tant la vanité
est ardente et ingénieuse à ressaisir ses droits !
j'apprends que les riches se hâtent de manger à
l'excès, et que les pauvres ne peuvent arriver à
temps pour prendre le repas commun, qu'il y a
même affectation à ne pas s'attendre les uns les
autres ; non, non, ce n'est pas là faire et imiter
la cène du Seigneur, cette cène est toute d'u-
nion, d'humilité, de charité, et vos agapes sont
souillées par un à part scandaleux, par un or-
gueil qui s'offense d'être uni à tous comme à des
frères. Riches, n'avez-vous pas vos maisons, si
vous voulez boire et manger entre vous ? Venez-
vous ici pour mépriser l'Église de Dieu, et pour
couvrir de confusion ceux qui ont moins que
vous ? Que vous dirai-je ? Malgré mon désir de
vous gagner tous à Jésus-Christ par la douceur,
je ne saurais vous louer d'une conduite si peu
chrétienne. »

Ah ! croyons que le dimanche bien observé est
un puissant remède au malaise qui mine la société, une large compensation à l'inégalité des
rangs, un grand repos pour les esprits mis en
fermentation et pour les cœurs inquiets et agi-
tés ; l'égalité n'est possible que devant Dieu, elle

n'est heureuse que dans le calme du sanctuaire; réalisons-la donc chaque septième jour : la paix du monde y est encore plus intéressée que la gloire du Seigneur.

2° En second lieu, le refoulement des intelligences vers les idées de bien-être et des jouissances matérielles, abîme la société; et l'institution du dimanche relève les âmes jusqu'à la recherche et le goût des véritables biens. Pour comprendre le désordre que nous signalons ici, et pour ne pas faire prendre notre cri d'alarme pour ces vagues déclamations contre le luxe, pour ce thème usé que l'on reproche à la religion de toujours répéter contre le déplacement des classes sociales, il faut bien préciser l'état de la question.

En réclamant contre cette soif insatiable de bien-être matériel, la religion ne prétend pas condamner une vie honorable et splendide, pour le seul fait de sa magnificence et de sa noblesse. Pourvu que les dépenses soient en rapport et en harmonie avec l'état de la fortune, que la part du pauvre soit dans une belle proportion, et pourvu surtout que le cœur ne s'attache jamais à cette abondance qui doit au contraire l'élever jusqu'à la source de tout bien, on pourra sans scrupule, mais avec le sage tempérament de la modération chrétienne, se revêtir de pourpre et de soie, tenir maison opulente, et mener un train conforme à sa position et à ses richesses. Bien plus, la religion, qui se trouve placée assez haut pour envisager tout l'ensemble de la société, qui est redevable à tous d'une égale sollicitude, et qui a pesé les besoins des classes intermédiaires entre la richesse et la pauvreté, ne pouvait blâmer nos pères de leur vie large qui alimentait la prospérité publique, et elle trouvait juste que le cœur déchargeât la plénitude de la vie dans toutes les veines du corps social. Mais ce qui fait gémir la religion, ce qu'elle condamne hautement et sans appel, ce qu'elle a besoin de flétrir plus que jamais, autant pour le bonheur des peuples que pour l'intérêt de sa divine morale, c'est cette inquiétude des aises de la vie, cette recherche systématique du bien-être pour soi, uniquement pour soi, pour s'asseoir dans la vie, et pour que rien ne manque, non pas à notre position, mais à notre mollesse; c'est le froid calcul de se plonger dans un avenir de bien-être, de vouloir jouir à tout prix, de n'estimer rien d'avance que par la somme de jouissances qu'on pourra se procurer; c'est encore plus le désir inquiet que la possession, encore plus l'avant-goût irritant que la satiété qui engendrera à coup sûr le dégoût et la langueur; système désolant, qui se trouve diamétralement opposé à l'esprit de l'Évangile, qui ruine le détachement chrétien, et dont la conclusion pratique doit être nécessairement que le temps présent est tout pour l'homme, que la vie lui est donnée pour jouir, qu'au lieu de se regarder ici-bas comme étranger et voyageur, il doit s'efforcer de se cramponner à ce qui se passe et de bâtir sur le sable une demeure permanente; enfin, qu'au lieu d'user du monde, dans la prospérité, comme n'en usant pas, il doit toujours vouloir jouir, au risque de n'user jamais des biens de la terre; système désolant, qui n'a enfanté jusqu'ici que l'égoïsme et la parcimonie. Nos pères bâtissaient et dépensaient sans autre inquiétude que de soutenir une position honorable, que de consacrer leur vie à la génération suivante; et s'ils allaient souvent jusqu'à la profusion, ils s'en consolaient bien vite par la pensée que l'aisance s'était accrue autour d'eux. Et maintenant tout est serré, mesquin, plus orné que solide, plus délicat que magnifique, plus soigné qu'utile et durable, parce que, n'agissant que pour soi et pour jouir, on semble regretter d'avance et regarder comme perdu ce qui pourra survivre à celui qui fait les frais. La vie n'est plus un banquet dont la desserte abondante pouvait suffire à ceux qui nous succèdent, c'est une chétive table d'hôte que les voyageurs affamés épuisent en un instant et où chacun paye strictement son écot; système désolant, qui n'a pas même apporté la joie grossière de la jouissance, qui a remplacé la vie large et honorable par une vie petite et concentrée, qui a ravalé la noblesse de notre caractère national; système désolant, qui a mis en mouvement et en fermentation toutes les classes, sans leur procurer rien de plus que l'irritation de mille besoins qu'elles ne sauraient satisfaire; qui a envenimé la plaie sociale en inspirant à chacun les regrets et le dégoût de sa condition, et qui a fait que la génération présente, travaillée par cette fièvre morale, ressemble à un malade qui ne se trouve bien nulle part, qui se tourne et se retourne, croyant toujours se trouver mieux là où il n'est pas.

Nous dirons la même chose par rapport au luxe qui a envahi avec fureur tous les rangs de la société. La religion ne prétend pas classer les hommes comme des marchandises dans les compartiments d'un magasin; elle ne prétend pas, quoi qu'on veuille dire, empêcher l'avancement social, ou étiqueter les individus par tel ou tel vêtement dont ils ne devront pas changer l'étoffe, la couleur ou la forme. Si la religion ne voyait dans l'envahissement du luxe qu'un élan d'activité sociale, comme on veut bien le dire, qu'une ardeur profitable à tous et qui tend à améliorer le sort des classes inférieures, n'en doutez pas, elle marcherait à la tête de ce que vous osez appeler progrès et civilisation, car sa sollicitude pour les petits et les pauvres est telle, qu'on a été jusqu'à lui reprocher, au besoin, de ne pas tenir la balance égale. Mais elle voit le luxe ce qu'il est, un attachement désordonné aux frivolités de la terre, qu'elle doit condamner, une pousse de rejetons parasites qui épuisent le suc de l'arbre et qu'il faut retrancher; mais elle a des yeux de mère, et indépendamment de sa mission céleste qui l'oblige d'élever ses enfants à la recherche des biens éternels, elle voit le luxe ruiner le bonheur individuel et le bonheur social; elle voit le pain de l'ouvrier ne pas suffire à sa famille, parce que le prix de ses sueurs a été absorbé dans ce gouffre; et sans humilier l'artisan (car tous sont égaux à ses yeux, et une mère n'humilie jamais), elle lui crie de se renfermer dans des désirs simples et dans des goûts modestes. Elle voit des fortunes colossales s'évanouir en fumée parce qu'elles ont été dévorées intérieurement par le fléau, et sans insulter à celui qui est déchu de son opulence, elle lui reproche de n'avoir pas écouté sa voix quand il en était temps.

Quoi qu'il en soit, le système du bien-être matériel, la triste réalité des envahissements du luxe, refoulent les intelligences et les cœurs vers les choses d'ici-bas, et ce refoulement abîme la société; il dessèche la vie de cet être collectif qui n'a pas moins besoin que les individus d'avoir une âme unie à un corps, et de vivre d'espérance immortelle aussi bien que de pain. L'expérience vient encore ici à l'appui de nos observations. L'éloignement pour les choses de Dieu, l'affaiblissement de la probité, les excès d'une concurrence ruineuse, le malaise des esprits, la fermentation des masses, en un mot toutes les calamités morales et sociales, sont plus sensibles et plus menaçantes à proportion que les populations sont plus rapprochées de la matière et des éléments de jouissances matérielles, à proportion qu'elles s'occupent davantage des objets de luxe et des ressources du bien-être. Pour descendre à ce compte les degrés de l'échelle sociale, pour mesurer par cette statistique le plus ou moins de profondeur de cette plaie qui ronge la société, il faudrait passer des populations maritimes aux populations agricoles, puis des classes industrielles aux classes qui tourmentent la mécanique ou le creuset pour découvrir de nouvelles ressources. Et la raison en est simple et frappante. Aux exceptions près qui se trouvent partout pour confirmer la règle, le marin a constamment les yeux levés vers le ciel, il

sent à tout moment le besoin de Dieu, et il ne
saurait oublier celui à qui les vents et la mer
obéissent; le laboureur est plus penché vers la
terre, il compte beaucoup sur le secours de son
bras et de ses bœufs, mais il sent encore le besoin de Dieu qui fait luire son soleil et qui ré-
pand la pluie salutaire sur le champ du juste et
du pécheur. Les professions industrielles semblent au contraire pouvoir se passer de la Providence; les matières premières qu'elles em-
ploient, arrivent ne portant déjà plus l'empreinte
de la main créatrice qui les a produites, et l'art,
qui les confectionne dans nos manufactures, ne
laisse apercevoir que la main de l'homme dirigée
par le génie ou l'habileté. Le mal est encore plus
sensible si l'on s'enfonce dans le laboratoire du
chimiste, dans l'atelier du mécanicien et dans le
sanctuaire des découvertes et des inventions : là,
l'homme semble s'élever jusqu'à la dignité de
créateur, et à moins d'un immense contre-poids
religieux, il s'élèvera contre Dieu jusqu'à dire :
Notre main puissante a fait toutes ces choses, et
non pas le Seigneur. Quiconque réfléchit ne
peut s'empêcher de voir qu'il faudrait une
somme nouvelle de religion à côté de chaque
progrès dans les découvertes physiques, pour
pouvoir contre-balancer le poids qui entraîne
tout vers l'abîme; à peu près comme l'hygiène

devient plus rigoureuse et les précautions plus sévères sous une atmosphère pestilentielle dont tous ressentent la maligne influence, encore que quelques-uns échappent à ses ravages.

Quelle main puissante ou quel vent favorable viendra donc relever et remettre à flot le vaisseau social aussi fortement engagé dans le sable? La religion, direz-vous? Oui, la religion; pourvu que ce mot signifie une pratique et que cette pratique se résume dans la sanctification du dimanche. Un prélat plein d'expérience déplorait la profanation du saint jour et n'hésitait pas à attribuer cette infraction à l'estime démesurée des biens d'ici-bas : « On ne s'occupe, disait-il, que d'intérêts matériels : de là ce désordre dans les esprits, cette exaltation dans les sentiments, ces idées de bouleversement qui tiennent la société dans une véritable inquiétude et qui alarment sur l'avenir les plus sages et les plus clairvoyants; de là, au milieu des progrès incontestables de la science, de la civilisation et de l'industrie, cet accroissement de forfaits qui nous fait reculer jusqu'à l'état barbare. Que voulez-vous? quand vous ne faites de l'homme qu'un peu de poussière animée, que vous renfermez tout son être dans les limites de la terre et du temps, qu'au delà du moment si court de la vie vous ne lui montrez rien à espérer, rien à craindre, et que cependant vous lui représentez les plaisirs et les joies d'ici-bas comme l'unique félicité; que voulez-vous? il doit, s'il les a reçus en partage, en pousser la jouissance jusqu'à l'abus, et si ce partage lui a été refusé, se les procurer par tous les moyens et, s'il le faut, par tous les crimes… » Or, si l'oubli et le mépris de la loi du dimanche sont causés par la soif insatiable du bien-être et des jouissances matérielles, il est également vrai que la sanctification du dimanche peut remédier à cette fièvre brûlante qui mine la société, et doit ramener la circulation de la vie sociale à l'état normal de calme et de repos. Le dimanche arrête efficacement l'homme qui s'épuise à courir après des biens perfides et périssables, il suspend les travaux qui nous courbent vers la terre, interrompt la série de nos affaires et de nos opérations commerciales, brise avec toutes nos agitations d'ici-bas; il est donc le puissant levier, seul capable de relever l'âme appesantie dans les sens et dans la matière. L'action vivifiante du saint jour ne se borne pas à couper la fièvre pour un moment, elle répare abondamment les forces; elle donne au laboureur qui a quitté ses sillons un pain supersubstantiel, et lui apprend qu'il a une âme à nourrir; elle dit à l'ouvrier de descendre de l'édifice qu'il est occupé à construire, et c'est pour lui montrer une autre demeure qu'il doit se bâtir dans les cieux : elle arrache le commerçant de son comptoir, l'homme d'affaires de son cabinet ; mais c'est pour rappeler à l'un cet avenir meilleur qu'il doit se ménager à tout prix, et à l'autre cette grande affaire dont le succès est digne de ses premiers soins : elle fait descendre le magistrat de son tribunal, le prince de son trône ; mais c'est pour faire méditer à celui-là la loi divine qu'il doit suivre et faire respecter, et pour apprendre à celui-ci de chercher avant tout le royaume de Dieu et la justice qui y conduit. Le dimanche convoque à son repos béni le riche et le pauvre ; mais c'est pour détruire chez le premier la vie molle, sensuelle et inutile, et pour donner au second une aumône bien plus précieuse que celle qu'il recueille avec tant de murmures. Le dimanche, enfin, n'ordonne pas seulement à l'homme de quitter le marteau ou l'alambic, il crie à tous d'élever *les cœurs en haut*, et n'obtient ses résultats que lorsque tous ont répondu : *Nous les tenons élevés vers le Seigneur*. Institution aussi salutaire que sainte, devoir aussi raisonnable que sacré, qui ramène l'homme au vrai point de sa course, qui dégage son âme de la matière, qui l'élève au-dessus de tout ce qui passe, qui l'attache à ce qui est vraiment beau, noble, digne d'une intelligence immortelle et de ses éternelles prétentions, et qui, chaque septième jour, retrempe les cœurs avant de les replonger dans les affaires du temps et dans les occupations d'une vie matérielle. Qui ne comprend maintenant l'action puissante pour le bonheur social, de ces jours dans lesquels tout ce qui diminue nos vices et fait croître nos vertus est publiquement et dogmatiquement enseigné? Qui ne voit tout ce qu'a de moral, et par conséquent d'éminemment conservateur, cet hommage qu'un peuple entier réuni rend au Dieu du ciel et de la terre? Qui ne sent tout ce que peut inspirer de généreux dévouements, cette pensée qui se trouve au fond de la solennité du dimanche, qu'un peuple, ainsi que l'homme, ne vit pas seulement de pain et d'industrie; qu'il y a pour les nations autre chose que des besoins matériels à satisfaire, et que la possession des biens terrestres n'est désirable pour elles qu'autant qu'ils servent à conquérir les biens invisibles mille fois plus précieux? Quelle haute leçon retentit dans les assemblées du dimanche, lorsque l'Église, énumérant dans ses cantiques toutes les vaines jouissances de la terre, force ses enfants de conclure par acclamation qu'il n'y a d'heureux que le peuple fidèlement attaché à son Dieu ! *Je vous chanterai*, dit-elle, je vous chanterai, *Seigneur, un cantique nouveau,* un cantique que l'homme oublie au milieu de ses

travaux et de ses affaires. « Ceux dont la bouche
» ne s'ouvre que pour le mensonge et l'erreur,
» dont les mains sont pleines d'iniquité, sont
» regardés comme les privilégiés de la terre ;
» leurs fils brillants de jeunesse sont comme de
» nouvelles plantes pleines de vigueur, leurs
» filles éclatantes de beauté sont parées comme
» les idoles d'un temple, leurs celliers sont rem-
» plis et débordent de toutes parts, leurs brebis
» sont pleines, elles sortent en foule des berge-
» ries, leurs bœufs sont vigoureux et gras, leurs
» murailles n'ont pas de brèche, la paix règne
» dans l'enceinte de leurs villes. » *Ils ont appelé
heureux le peuple qui possède ces biens* ; non,
non, *heureux* seulement *le peuple dont le Seigneur est le maître et le Dieu!*

Après tout, ce qu'il y a de certain, ce que
l'expérience fait voir à tous les yeux, c'est que
les populations sont démoralisées là où le dimanche n'obtient plus ni son repos ni son culte ;
c'est qu'il est impossible que la sanctification du
dimanche ne ramène pas à l'ordre, aux devoirs
sociaux et aux pratiques de la religion les individus et les masses qui voudront user de ce remède ; c'est que, enfin, pour établir sûrement la
statistique morale de telle ou telle province, de
telle ou telle ville, de tel ou tel hameau, il suffit
de prendre pour base de ce travail le plus ou

moins de respect et de fidélité au jour du Seigneur. Mais, nous avons besoin de le répéter, pour que le dimanche obtienne d'aussi grands résultats, il faut qu'il soit pleinement et sincèrement sanctifié ; et pour féconder de si hauts intérêts, il faut quelque chose de plus que de porter quelques instants au temple un esprit dissipé, un cœur qui ne prie jamais : il faut que l'instruction religieuse soit écoutée assidûment et que l'union au saint sacrifice appelle sur les âmes les grâces du ciel et sur la terre les bénédictions d'en haut.

3° Enfin, le bonheur de la société, déjà miné par le malaise moral, déjà ébranlé par l'agitation convulsive vers le bien-être matériel, est ruiné par l'oubli de Dieu, de nos devoirs et de notre fin ; et le dimanche seul peut encore arrêter la chute de l'édifice social et le raffermir sur ses véritables bases.

L'oubli de Dieu, l'indifférence pour les devoirs de la religion, voilà la grande plaie de la société et la première source du mal. Parce que l'homme vit sans inquiétude et sans goût pour les biens futurs, il se jette avec fureur sur les jouissances du temps, sur le bien-être matériel ; et parce qu'il a fait sa divinité de ce bien-être, il sent plus amèrement le malaise de l'inégalité des conditions. De sorte que dans ce cercle, le plus vicieux qu'on puisse supposer, l'homme accroît son malaise par la soif du bien-être et par l'oubli de Dieu, comme cet oubli du Seigneur le plonge de plus en plus dans les faux biens et dans la crainte amère de ne pouvoir les posséder à son gré.

Ici la plaie sociale est trop large et trop profonde pour être dissimulée ; la société est blessée au front, et tout le monde peut voir son mal : elle est blessée au cœur, et impossible de faire bonne contenance quand la défaillance arrive à chaque instant. A Dieu ne plaise que nous voulions tremper notre plume dans le fiel, ou broyer de noires couleurs ! nous nous hâtons de saluer avec joie cette réaction religieuse dont on fait tant de bruit, si elle est aussi réelle qu'on le prétend. Nous accordons que Dieu a partout, dans toutes les conditions, ses saints et ses élus ; nous ne nions pas le retour de quelques individus, d'un grand nombre si l'on veut, vers des idées meilleures ; mais nous persistons à dire que les masses sont encore loin de participer à cette heureuse révolution des esprits et des cœurs, et quoique avec une peine profonde, nous tranchons le mot : La société, considérée dans son ensemble, n'est pas chrétienne.

Cette assertion scandalisera bien des gens, et nous donnerions beaucoup pour qu'elle fût l'expression d'une erreur; mais voyons de près ces classes où l'on prétend que la religion reprend faveur de jour en jour. Hélas! avec les idées de la foi, comment nommer chrétiens ces hommes qui trouvent de la grandeur et de la poésie dans les pensées d'éternité, d'infini, de providence; qui admirent la mission du prêtre, et sont prêts à s'enthousiasmer pour les cérémonies extérieures du culte; qui aiment la morale chrétienne, comme ils aiment l'art chrétien, comme ils aiment les cathédrales gothiques; qui courent après certaines instructions religieuses, comme on va voir et entendre l'acteur dont le jeu et les succès sont vantés par les feuilles périodiques, mais qui avec tout cela sont bien loin de vivre les yeux fixés sur l'Évangile et sur leurs fins dernières? Comment nommer chrétiens et fidèles ces hommes qui reconnaissent que la religion est excellente pour les peuples, qui voient en elle un utile moyen de gouvernement, mais qui reculeraient devant leur doctrine, si au lieu de cette généralité qu'ils nomment religion, on leur présentait un de ses préceptes à observer; si au lieu de cette généralité qu'ils appellent peuple, on leur présentait un individu à soumettre au joug de l'Évangile? Non, non, la religion ne souffre pas qu'on la prenne à ses heures pour faire de la politique ou de l'art, et qu'on l'oublie ensuite dans les difficultés pratiques de la vie ; elle s'attache à tous les détails de notre conduite, elle vivifie tout par l'amour de Dieu et du prochain, ou bien elle n'est qu'un mot. Tel est cependant l'état général, non pas de tous les individus, mais de la société prise dans son ensemble.

Un plus grand mal encore a existé : ç'a été de soutenir que la cause du désordre n'était pas dans l'éloignement de Dieu ; et le dernier accès de la maladie est de prétendre guérir sans Dieu et de rendre les masses meilleures et plus heureuses sans le secours de la religion. La vanité des vanités, c'est l'établissement d'une morale obligatoire, sans croyance et sans pratique religieuse ; c'est la prétention puérile de ne rien croire et de vivre néanmoins en hommes de bien, comme si croire ce que l'on veut et pratiquer ce que l'on doit n'étaient pas chose contradictoire.

Sur cette donnée, ou plutôt sur cette rêverie, on s'est flatté de sauver le corps social des progrès alarmants de la gangrène, et l'on a dit : Il faut de l'instruction pour la partie saine et de forts curatifs pour la partie malade.

De l'instruction ! de l'instruction ! a-t-on crié de toutes parts. Eh ! oui, sans doute, de l'instruction ; mais à la condition qu'elle pénétrera l'homme tout entier, à la condition qu'après avoir jeté des lumières dans son esprit, elle ne laissera pas son cœur dans les ténèbres ; qu'elle passera de l'intelligence dans la conscience et qu'elle dirigera à la fois les pensées et les actions. Sans cela, l'instruction purement humaine, répandît-elle sur les plus faibles intelligences des rayons aussi éclatants que ceux dont l'astre du jour nous inonde sans cesse, sera toujours incapable de faire naître des devoirs; le germe lui manque, la lumière et la chaleur ne sauraient féconder le néant. Vienne de front, avec les progrès incontestables de nos lumières, cette heureuse instruction qui rend les enfants respectueux et dociles, les époux fidèles, les serviteurs dévoués, les maîtres bienveillants, les riches miséricordieux, les pauvres résignés, qui courbe l'industrie sous le joug de la bonne foi et le commerce sous les lois d'une probité sévère; vienne cette salutaire instruction s'asseoir au foyer domestique, présider hautement à nos rapports avec nos semblables, et contenir les peuples dans une attitude d'obéissance pleine de dignité et de bonheur, la face du monde sera bientôt renouvelée. Mais interrogez toutes les sciences les unes après les autres, demandez-leur cette instruction efficace qui plie à l'ordre les penchants rebelles, elles vous répondront qu'elle n'est pas dans leur domaine, que cette instruction n'est pas de la terre, qu'elle descend de plus haut.

Sera-t-il possible au moins, sans règle de mœurs et sans croyance, de maintenir tant bien que mal quelque ordre au milieu des familles, et trouvera-t-on dans l'intérêt et dans la philanthropie les moyens de rendre ses semblables heureux et bons? Il semble qu'on le croie ainsi. Les essais se multiplient, la moindre apparence de succès curatif est considérée comme une conquête; la science, le pouvoir, les bienfaisantes associations, rivalisent de sollicitude. C'est surtout vers la portion la plus souffrante du peuple que se porte le zèle réparateur. Il faut à tout prix, on le sent bien, adoucir le sort des pauvres, des prisonniers, de la classe ouvrière, et régénérer, s'il se peut, dans toutes les conditions, les âmes flétries par la misère ou par le vice. Que d'ingénieuses prévoyances, que de touchants sacrifices dans cette belle entreprise! Mais les résultats sont loin de répondre à tant de généreux efforts : l'esprit vivificateur manque à ces dévouements sincères, et les passions moissonnent, avant leur maturité, les fruits semés par la seule bienfaisance. Que n'a-t-on pas fait, par exemple, depuis quelques années, pour rendre les prisonniers moins malheureux et meilleurs? Cependant, à mesure que les plus généreux adoucissements pénètrent dans ces lieux où le coupable expie ses premiers attentats, l'endurcissement au mal et la haine de la vertu semblent y pousser de plus profondes racines. L'infortuné qui n'avait commis qu'en tremblant sa première faute, sort, à la fin de sa peine, avec toute la science du mal. Plus l'humanité paraît adoucir la justice, plus la férocité passe dans les mœurs; et pendant que les âmes compatissantes s'élèvent pour demander aux législations modernes l'abolition de tout châtiment irréparable, la perversité se réjouit d'une si touchante mansuétude; dans tous ces ménagements salutaires elle ne voit qu'une sauvegarde à ses noirs desseins, elle n'envisage que le moyen plus facile de ravir violemment la vie des autres sans compromettre la sienne.

Quoi de plus digne encore d'admiration que cette universelle sollicitude pour le bien-être de la classe ouvrière? D'habiles établissements de prévoyance et d'économie remplissent les villes, et néanmoins le sort de l'homme de travail devient de jour en jour plus précaire. Si la moindre crise déconcerte un moment l'industrie, si quelques instants d'une saison plus rigoureuse viennent interrompre les travaux journaliers, la misère éclate soudain plus menaçante et plus vive, et des sacrifices énormes suffisent à peine pour sauver un peuple réduit aux abois par quelques jours sans ouvrage. D'un autre côté, quels soins plus gracieux et plus touchants pouvait-on prodiguer à l'enfance pauvre et délaissée? Objet des plus délicates attentions, des écoles et des asiles lui sont ouverts à toute heure. Mais au milieu de ces empressements dignes d'envie, quel est au vrai le sort de l'enfance? Les parents et les maîtres demandent à ces jeunes plantes de porter des fruits dans la saison des fleurs; ils épuisent leur séve naissante, peu en peine de les laisser végéter et périr sur une tige chancelante et desséchée, et l'intelligence est usée avant que le cœur ait pu goûter la douceur de la vertu et le prix du devoir.

Que dire enfin des succès obtenus par tant d'ingénieuses institutions destinées à relever la dignité des mœurs populaires? Sociétés de morale, associations de tempérance, écrivains, orateurs, législateurs, magistrats et juges, tout prodigue au peuple des préceptes de conduite et des règles de vie. A voir tant de leçons de morale, on dirait que les masses doivent vivre de lumière et de justice, et Dieu sait dans quelles ténèbres, dans quels excès elles se plongent chaque jour davantage. Les dernières classes, prenant à la lettre les ignobles enseignements d'une philosophie impure, se persuadent avec bonheur que puisqu'il n'y a rien après la mort, et qu'elles doivent partager le destin des brutes, elles peuvent bien en mener la vie, avec le droit d'en secouer le fardeau si elle devient trop ennuyeuse ou trop pesante. Ainsi la bienfaisance et l'humanité, livrées à leurs propres forces, travaillent en vain à rendre les hommes plus heureux et meilleurs; ce qu'elles donnent aux besoins de l'année est dévoré par les passions d'un jour, et pendant qu'elles relèvent habilement une partie de l'édifice social, une autre partie s'écroule, qu'il faut relever encore, condamnées qu'elles sont à tourner sans fruit dans un large cercle de mécomptes affligeants et de déceptions pénibles (1). C'est le cas de dire avec David : *Si le Seigneur ne bâtit la maison, c'est en vain que l'on travaille à l'édifier ; si le Seigneur ne garde la ville, c'est en vain que l'on veille à sa défense.*

Non, non, il n'y a que la religion sincèrement entendue et pratiquée qui puisse remédier à tant de maux; mais, encore une fois, la religion est toute dans le dimanche, comme le rayon

(1) Nous empruntons presque textuellement au mandement de Rouen, pour le carême 1858, ces hautes considérations sociales sur l'instruction et l'amélioration des masses.

dans le foyer, comme le fruit dans son germe. L'instruction que vous appelez à grands cris, et qui seule peut quelque chose pour le bonheur du monde, n'aura jamais qu'un siége et qu'un organe : l'Église et le prêtre catholique. Or, si le seul jour de la semaine où cette instruction peut être entendue, l'on ne quitte pas travaux et affaires pour se rassembler aux lieux où on la donne; si la voix paternelle qui lui sert d'organe résonne comme un airain sonnant au milieu des églises désertes; à quel jour, à quelle école viendra-t-elle éclairer les esprits et vivifier les âmes? Rendez au peuple son dimanche, laissez-lui reprendre le chemin de son église : là, une voix plus puissante que celle de l'homme imposera silence à ses passions indomptées; là, le pasteur de la paroisse......

Mais pourquoi cette voix est-elle assez forte pour dominer le bruit des vagues? C'est qu'elle a reçu mission pour parler au nom de Dieu, c'est qu'elle a pour base la croyance de la vérité, pour soutien un culte mystérieux qui en imprime tous les accents, pour sanction des promesses et des menaces qui ne passeront point; c'est que la chaire catholique est placée dans nos églises entre un confessionnal et un autel; c'est que le prêtre qui s'y assoit ne se borne pas à ouvrir le livre des devoirs; c'est qu'après les avoir promulgués, il étend sa main et montre d'un côté le lieu où tout se répare, de l'autre la source où tout reprend vie, force, et fécondité; c'est qu'enfin il y a trois trônes dressés dans chaque église et que celui de la vérité s'appuie également sur celui de la miséricorde et sur celui du salut. Le dimanche peut donc tout réparer; et si *les voies de Sion pleurent parce qu'il n'est personne qui vienne aux solennités*, que l'on sache bien que les larmes de l'Église ne coulent pas moins sur le crime social de l'infraction du jour de Dieu que sur la transgression religieuse de ce divin précepte.

En deux mots : point de société sans règle de mœurs, point de règle de mœurs sans croyance et sans sanction, point de sanction sans religion, point de religion sans dimanche.

9 782329 272924